AF450661

UN VOYAGE

AU PARADIS

UN
VOYAGE
AU PARADIS

PAR

TIMOTHÉE TRIMM

AU PARADIS DES ENFANTS

156, rue de Rivoli.

PARIS

jours devant les marionnettes et s'amusait sérieusement à les voir débiter leurs rôles.

Un ministre de l'instruction publique, M. de Salvandy, affirmait que Polichinelle était le premier des maîtres d'études.

J'ai donc bien le droit de ne pas rougir de mes sympathies pour les amusements du premier âge.

Mais il y a joujoux et joujoux. On trouve des pierrots mal blanchis, des polichinelles aux bosses irrégulières, des poupées qui ne savent pas souffler mot.

Or, mes chers petits enfants, sachez-le bien, toutes les incorrections de formes sont un danger pour vous.

Il faut donner à vos yeux juvéniles des spectacles exacts, des contours réguliers, des modèles utiles.

Une trompette de vingt-cinq sous qui sonne faux peut vous gâter l'ouïe pour toujours.

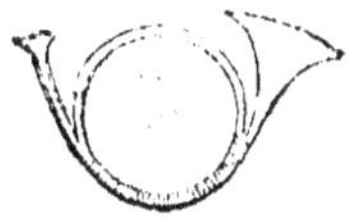

J'ai donc aux approches du Jour de l'An, demandé à ce grand Paris, le secret de ses merveilles.

Je me suis enquis de l'endroit spécial où se trouvaient réunis les jouets de choix.

Quand l'un de vous met son soulier dans l'âtre, la veille de Noël, pour que le petit Jésus vienne faire ses libéralités aux enfants obéissants et studieux, je crois absolument qu'il est l'initiateur de ces générosités qui font votre joie.

Mais je crois aussi qu'il n'existe pas de fabrique de joujoux au Paradis du bon Dieu, et que les représentants de l'Enfant-Dieu, sur la terre, s'adressent aux meilleures sources.

Hélas ! j'aurais beau mettre mon soulier dans l'âtre, le petit Jésus n'y laissera rien tomber.

Mon soulier est devenu trop grand, je n'ai plus la mesure de la petite Cendrillon, comme vous, depuis que je me suis élancé dans ce monde, un pied chaussé et l'autre nu.

Mais j'ai des cadeaux à faire ; il importe que je connaisse où se trouve le mouton qui bêle le mieux et la ménagerie qui contient le plus de jolis animaux.

A quoi servirait d'être un journaliste si l'on ne savait point un peu de tout.

J'ai donc cherché le lieu où les jouets les plus parfaits sont réunis.

On m'a indiqué le Paradis des Enfants.

OULEZ-VOUS que je vous raconte mon voyage dans ce pays de vos joies.

Voulez-vous que je vous fasse connaître ses habitants charmants.

Lisez le présent petit livre écrit à votre intention.

Nous n'avons ni naufrage, ni tempête à craindre.

Il y a là des chemins de fer qui ne déraillent pas.

Il y a des voitures, berlines, coupés, omnibus qui ne versent jamais.

Il y a des vaisseaux à voiles qui ne craignent ni les flots, ni les orages, et peuvent se passer d'assurances maritimes.

Le véritable Paradis nous le cherchons des yeux, vous et moi, derrière le ciel bleu à travers lequel les étincelantes étoiles viennent vous voir, durant la nuit, quand votre mère vous a endormi avec une douce chanson.

Les paradis terrestres ne sont pas aussi imposants, mais il leur faut de l'espace pour pouvoir grouper les éléments de tous les plaisirs qu'ils offrent à leurs élus.

Le PARADIS DES ENFANTS s'est constamment agrandi par l'adjonction de galeries nouvelles.

C'est donc un véritable voyage qu'une excursion au milieu de ses surprises.

Mais rien n'est plus récréatif que
ce véritable train de plaisir à travers
les plus utiles et les plus ingénieuses
fantaisies.

Au moment où je suis entré au
Paradis des Enfants on m'a
fait une réception presque princière.

Quand un chef d'État voyage on
joue de la musique sur son passage.

Dès que j'ai eu mis le pied dans

ces magasins de jouets, *les plus vastes de Paris*, une aubade a éclaté.

C'était un orchestre de singes, en bois bien entendu, vêtus à la façon des seigneurs de Louis XIV, et ayant un très-grand air, sur ma foi.

Il exécutait l'ouverture de *Guillaume Tell*.

Le chef d'orchestre battait la mesure avec une *maestria* remarquable.

On m'a assuré que Rossini connaissait ce joujou musical et qu'il a même daigné féliciter le batteur de mesure qui semble depuis ce jour plus orgueilleux que jamais.

À mon entrée, j'ai eu un moment d'éblouissement.

Une population de jouets semblait m'appeler.

Guignol faisait sa grosse voix.

Les princesses des théâtres portatifs étalaient leurs robes de brocart.

Les princes Charmants se pavanaient l'épée au côté et la plume au front.

Je ne savais à quel jouet me vouer, quand l'habile Directeur de cet Eldorado consentit à me servir de guide et me dit :

« Les joujoux ne sont pas une inutilité, au temps où nous vivons.

« Ils doivent être un enseignement. Aussi ne vendons-nous des jouets qu'en consultant l'âge des petits clients auxquels ils sont destinés, il est défendu à mes employés de présenter à une mère un jouet dont la combinaison serait au-dessus de l'intelligence et de l'âge de son enfant.

C'est ici un peu l'échelle de Jacob,

sur laquelle les petits anges montaient au ciel, avec cette différence que nos petits anges terrestres ne gravissent pas immédiatement les attrayants échelons.

« Je vais vous montrer les plaisirs de l'enfant depuis la naissance jusqu'à l'âge de seize ans, ce qu'on a appelé si solennellement l'âge de raison. »

Et M. Perreau me fit voir *les jouets de l'âge d'un an*, c'est-à-dire des petits hochets d'ambre, de corail, d'ivoire, avec de petites clochettes d'argent.

Le bruit fait sourire les tout petits enfants.

La substance aide la dentition.

APRÈS quoi on passe aux jouets de *l'enfant de deux à trois ans*.

La ceinture avec laquelle on le soutient pour lui apprendre à marcher.

La promenette qui lui permet de marcher seul, sans autre soutien que le coquet *chariot* qui le met à l'abri de toute chute en lui donnant l'assurance, en lui enseignant les lois de l'équilibre humain.

L'enfant marche, mais il ne faut pas exiger de longues courses.

Et pour cela l'aide de l'équipage est de toute utilité. C'est la petite voiture coquette, élégante, légère, aux doux ressorts amortissant les cahots.

Il est de ces voitures de toutes formes, de toutes grandeurs, ce sont des chefs-d'œuvre de carosserie en miniature.

A cet âge l'enfant casse, brise, détruit, il a besoin de mouvement, et tout est bon à sa mignonne activité.

Mais les jouets qu'on lui réserve sont faits en cette prévision ; ce sont les poupards, les bébés *en bois*, les *ballons indégonflables* et mille bibelots auxquels le petit démon rose fera subir toutes les mutilations sans parvenir à les anéantir.

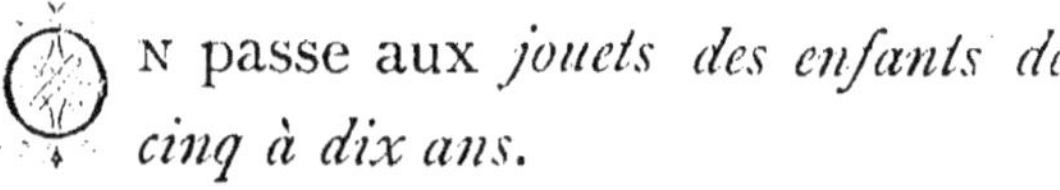

On passe aux *jouets des enfants de cinq à dix ans*.

Ici le choix devient considérable.

L'enfant se révèle, l'un prendra une poupée articulée.

L'autre endossera un costume militaire du grade qui lui plaira, depuis le simple zouave jusqu'au colonel, aux épaulettes à trois étoiles.

Vous aurez là, mes petits amis, des pistolets, des fusils, des sabres, des gibernes, des épées, de la plus grande beauté , sans compter *le sabre de bois* dont je vais parler tout à l'heure.

Et je vous garantis que le Ministre de la Guerre, si vous choisissez un emploi militaire en revêtant ses insignes, ne vous fera pas rétrograder.

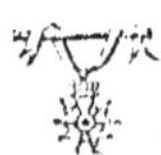

MES petites demoiselles, j'ai vu là des choses admirables qui vous sont destinées.

Il y a des cuisines complètes : casserolles et accessoires en cuivre et en fer battu, cuillers et fourchettes en miniature, vaiselle en nombre, de façon à pouvoir changer d'assiette à chaque service, sans être obligées de laver les plats pendant la dinette, ce qui est un inconvénient, n'est-ce pas?

Il y a là les grils, les broches, les marmites, les plats, l'outillage complet, enfin.

Et la poupée, donc?

J'ai vu une petite poupée qui marche toute seule; elle marche, entendez-vous bien, les pieds qui ne sont pas plus grands qu'une praline font des pas, petits, mais réguliers, elle peut vous suivre à la promenade, ce qui est fort commode; on n'a pas toujours besoin de la porter.

L existe encore une poupée pour les petites filles de cinq à dix ans.

Je dois dire qu'elle a ses défauts; elle crie quand on la couche, ce qui est assurément d'un très-mauvais exemple, mais le Paradis des Enfants, qui ne fait jamais rien à demi a placé le remède à côté du mal.

Donc, ma petite lectrice, si votre maman vous donne cette poupée là, on vous dira ce qu'il faut faire pour la calmer absolument.

CERTAINES petites filles accusent dès leur premier âge des dispositions pour le commerce.

Elles aiment à jouer à *la Marchande*.

Leurs amies viennent près d'elles, faire leurs acquisitions, elles font valoir l'article, elles soutiennent leurs prix, elles prouvent une grande intelligence industrielle.

Celles-là trouveront au PARADIS DES ENFANTS des fonds à vendre tout agencés.

Des boutiques d'épiceries où se trouvent toutes les denrées coloniales.

Des magasins de bijouterie, de modes, des boucheries, dont les gigots et les aloyaux sont en sucre, inoffensivement coloriés.

Tous les gouvernements se sont montrés libéraux envers ces petits métiers qui vous amusent, mes gentils chérubins.

Ils les ont dispensés de la patente.

JE ne dois pas oublier, mes jeunes amis, les plaisirs ruraux, il est si doux d'aller un peu à la campagne, même en hiver, quand on est certain de ne point avoir froid.

Vos mamans ne permettraient pas
que vous couriez les champs au mois
de janvier, fussiez-vous emmitousslés
d'hermine ou de petit gris.

Le Paradis des Enfants vous
donnera la campagne dans une boite.

Rien n'est gracieux comme ses
fermes et ses bergeries. Voilà les
jolis arbres couleur d'emeraudes,
frisés comme ceux de l'ancien parc
royal de Sceaux.

Voilà la ferme aux volets verts,
voilà les moutons, les agneaux, les
grands bœufs blancs, les vaches lai-
tières prêtes à donner votre repas du
matin.

Et puis le chien vigilant et fidèle, et enfin le berger et la bergère qui vous regarderont d'un air étonné.

Ce n'est pas bien surprenant, des gens de la campagne!

J'AI dit que je reparlerais du sabre de bois.

Le jour où l'ennemi entra dans la Capitale, alors que les rues étaient désertes et les fenêtres fermées, il m'a été donné de voir un intéressant spectacle.

Un enfant était seul dans une rue.

Il avait, en main, un joujou, une bagatelle, un sabre de bois!

Il avait six ans, et il battait le revers du trottoir avec son arme.

— Où sont les ennemis de la France? s'écriait-il dans son ardeur juvénile.

C'est là un présage.

C'est le cri d'honneur, mes chers enfants! de la génération qui s'élève.

Vos parents vous expliqueront ce que je veux dire, quand vous serez plus grands.

Avec le sabre de bois et les autres armes que j'ai déjà décrites, comme le poëte Homère décrivait le bouclier d'Achille, il convient de ne pas oublier la cavalerie, cette éclaireuse de tout corps d'armée.

Le PARADIS DES ENFANTS a des chevaux de bois d'une docilité garantie.

Recommandez bien à vos petites sœurs de ne pas arracher, comme cela arrive souvent dans les familles, les crins noirs des queues de ces dociles coursiers, pour faire, à l'aide de leurs boites à ouvrage, des bagues en perles; cette boite, l'un des jouets du premier âge, contient tout ce qu'il faut pour rendre cette dilapidation inutile.

MAIS nous allons aborder maintenant les *jouets des enfants de onze à seize ans.*

Ici l'amusement se perfectionne.

On trouve des canons se chargeant par la culasse, ces pièces sont sur affût ou prêtes à entrer en campagne et attelées de deux magnifiques chevaux; à côté, des armes du moyen âge, si l'on veut être Duguesclin ou Bayard; des Claymores dont la poignée protége complétement la main; le chassepot avec des balles bruyantes et inoffensives; on voit en miniature tous les perfectionnements et toutes les transformations qu'ont subies nos armes de guerre, et il est certain que sous peu le système *Gras*, tout dernièrement adopté pour l'armée, aura sa place au ratelier d'armes du PARADIS DES ENFANTS.

J'ai vu un tir de salon, n'ayez pas peur, Mesdemoiselles, il n'y a pas d'accidents possibles avec ce petit pistolet, c'est avec raison qu'il porte le nom de tir de salon, il fait peu de bruit et les projectiles employés sont complétement inoffensifs, ce qui ne l'empêche pas de donner des résultats surprenants comme exercice d'adresse.

J'estime même qu'il doit aider à former d'habiles tireurs.

Vous le voyez, mes chers enfants, les joujoux du Paradis des Enfants sont comme les cours de vos colléges et pensionnats, tout est proportionné à vos forces, à vos goûts, à votre caractère, à votre âge, en un mot.

Il me faut bien dire aussi quelques mots de la poupée des grandes demoiselles.

Ce n'est plus le bébé qui crie quand on le couche.

Ce n'est plus la petite coureuse qu'on laisse aller comme une grisette, en taille, à travers les sentiers.

C'est une véritable jeune personne qui roule les yeux, qui remue les bras et qui parle.

Son langage est fort réservé, elle dit papa et maman.

J'ai été présenté à une poupée du Paradis des Enfants, qui est une véritable demoiselle du monde.

Elle a un trousseau de duchesse.

Elle va, avec sa petite maîtresse, en soirée et à l'opéra.

Elle a des bracelets, elle a une chaîne, des boucles d'oreilles, une montre.

Un porte-bonheur au bras.

Quand elle voyage elle a sa malle enregistrée, marquée à son adresse au bureau des bagages du chemin de fer.

J'ai voulu savoir pourquoi elle était revenue au lieu de sa naissance, dans les magasins du PARADIS DES ENFANTS.

On m'a conté la chose en confidence, la poupée a été aux eaux avec sa petite maîtresse.

Et pour la faire admirer par la

compagnie du Kursaal, on lui a trop fait tourner les yeux à droite et à gauche, ce qui est un tort, pour une jeune personne bien élevée.

On lui a tant fait rouler les prunelles qu'elle louchait un peu. L'oculiste des poupées va lui rendre la vue régulière.

J'AI été dans les grands Magasins du PARADIS DES ENFANTS, un moment au spectacle.

J'ai vu représenter *le Petit-Fils de*

Madame Angot, par des comédiens de bois qui ne sont jamais enrhumés.

La pièce est signée de mon nom. Je réclame, mes petits amis, toute votre indulgence pour l'auteur. Et la musique est de l'heureux compositeur qui a bien voulu permettre à vos petites voix de la chanter en représentant cette pièce sans exiger de droits d'auteur.

Il paraît que vous pourrez faire jouer aux pantins et aux théâtres que vous achèterez deux autres pièces : *les Contes de Perrault et le Mariage de la Poupée*.

Et qu'elles feront sourire les petits et les grands parents.

JE ne parle que pour mémoire, des théâtres de Guignol que vous avez trouvés sur votre passage, dans les jardins publics. Toutefois, je puis dire que le Guignol populaire, brutal, insolent, n'est pas admis dans notre miraculeux petit empire du joujou.

J'ai toujours blâmé ce forcené qui tue le commissaire, c'est-à-dire le représentant de l'autorité et le conservateur de la paix publique.

Le Guignol du PARADIS DES ENFANTS est un véritable gentilhomme.

il n'est pas le moins du monde dé-
placé dans un salon, il ne réveillerait
même pas *le chat qui dort*.

Ici, je dois faire approcher de moi,
tout le monde, car j'ai succinte-
ment essayé d'être agréable à tous les
enfants depuis le berceau, jusqu'à l'âge
viril, ou âge de raison. Mais la der-
nière galerie qui se présente offre une
réunion fort complète des jeux de
société et il est certain que la famille
entière doit y trouver ce qui lui convient; le titre *de Jeux de société pour*

salons et jardins embrasse tous les genres de distraction.

Je ne puis que vous en donner le nom, les dimensions de ce petit livre ne permettent pas l'étude de chacun d'eux. Cependant tous m'ont été très-gracieusement expliqués, et je puis affirmer que pas un seul ne trahit son nom.

LE COSMOPOLITE

Jeu servant à développer les notions de géographie, de la cosmographie et de l'astronomie.

Les Carrés magiques dont les combinaisons *infinies* amusent l'esprit tout en exerçant la mémoire.

Ce jeu a pour moi un grand avantage, seul, on peut s'en servir; c'est donc un véritable passe-temps, et dans bien des circonstances, son emploi abrège les longues heures de l'attente.

LES RUBANS PROPHÉTIQUES
OU L'AVENIR POUR TOUS

N'EST-CE pas? que ce titre est séduisant. Eh bien, quand vous aurez vu le jeu vous serez enthousiasmé, quand à ses résultats, je vous en laisse la surprise; sachez seulement que ce jeu peut sans inconvénient prendre place au foyer domestique; en bonne aventure, c'est une rareté; aussi j'applaudis d'avance au succès des rubans prophétiques.

LE JEU DES COURSES

FIGUREZ-VOUS une piste comme à Longchamps, sept chevaux ou moins sont en ligne au départ.

Tous sont mis en mouvement par

une seule impulsion, le poteau hisse son drapeau, celui des chevaux qui l'atteint sans le dépasser gagne la partie; n'est-ce pas admirable d'avoir chez soi, près d'un bon feu, un terrain de courses que l'on peut admirer, comme si le printemps était revenu, et sans quitter son fauteuil, participer à toutes les émotions d'une course sans en avoir les ennuis?

Ah! il est bon de se rappeler que les chevaux du jeu de courses sont d'un entretien très-facile, ils ne mangent pas!

JE m'aperçois que je dépasse les limites de ma causerie, que voulez-vous, chers enfants, depuis mon entrée au PARADIS DES ENFANTS, j'ai retrouvé mes seize ans, et ma foi, c'est si bon d'être enfant, qu'il me coûte d'imposer silence à mes impressions.

CEPENDANT je reviens à ma promesse, et j'espère ne plus donner que le nom des jeux qui passent devant moi :

Le Devin.
La Loterie de Monaco.

La Tombola.

La Pêche aux Etoiles.

Les Chiffres magiques.

L' Œuf magique.

Les jeux de Dames, les Echecs, les Jacquets, Trictracs, Nain-Jaune, Bogs, Cartes, Dominos.

Que sais-je? moi, une infinité de récréations pour salons.

Puis, les jeux pour jardins : *Cricketts, Croquets, Jeux de Boules, de Tonneau, de Passe-Boules, d'Anneaux, de la Pelle, de la Victoire, de triple et de simple Balance, Jeu polo-*

*nais, Toupies hollandaises, Billards en
tous genres, Jeux de Balles indien et
américain.*

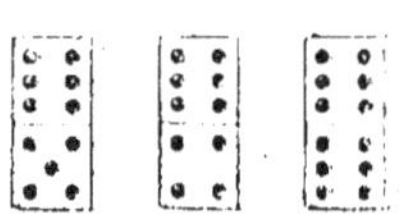

Je crois que je n'en finirais pas si
je voulais parler de tout.

Je dois cependant une mention par-
ticulière au jeu de Lance-Ballon, c'est
une des récentes créations du Paradis
des Enfants, ce jeu appelé à prendre
place dans les jardins un peu vastes,
est un exercice d'adresse, et aide puis-
samment à développer la force mus-
culaire. Je serais bien surpris s'il ne

devenait pas un complément indispensable de toutes les maisons de campagne.

J'ai, je crois, oublié les Vélocipèdes. Mais le système des Galets cylindriques pour lesquels M. Perreau a pris un brevet, ont acquis une réputation telle qu'il est inutile d'en parler.

Ce petit livre est écrit en septembre, et j'allais oublier la chasse.

On trouve au Paradis des Enfants des costumes de chasse complets, y compris la carnassière, la gourde et la corne d'appel.

On fournirait au besoin les chevreuils, les lièvres, les lapins et les cailles.

On m'a même montré un permis de chasse que j'ai copié, et dont voici le fac-simile :

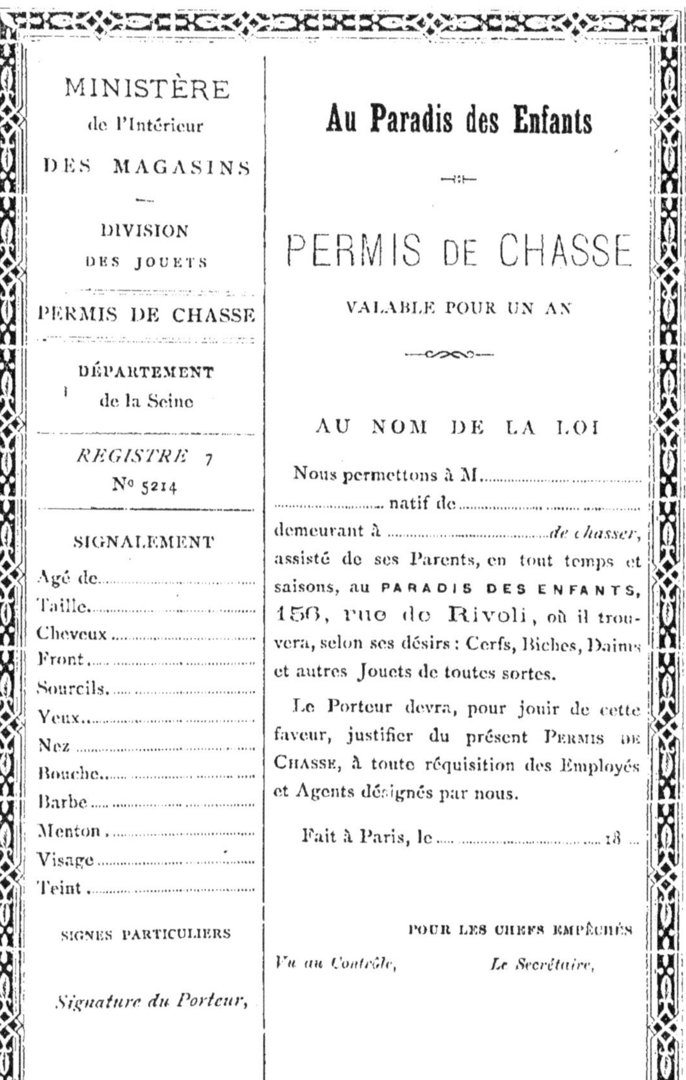

MINISTÈRE
de l'Intérieur

DES MAGASINS

DIVISION
DES JOUETS

PERMIS DE CHASSE

DÉPARTEMENT
de la Seine

REGISTRE 7
N° 5214

SIGNALEMENT

Agé de
Taille
Cheveux
Front
Sourcils
Yeux
Nez
Bouche
Barbe
Menton
Visage
Teint

SIGNES PARTICULIERS

Signature du Porteur,

Au Paradis des Enfants

PERMIS DE CHASSE

VALABLE POUR UN AN

AU NOM DE LA LOI

Nous permettons à M
natif de
demeurant à de chasser,
assisté de ses Parents, en tout temps et
saisons, au PARADIS DES ENFANTS,
156, rue de Rivoli, où il trou-
vera, selon ses désirs : Cerfs, Biches, Daims
et autres Jouets de toutes sortes.

Le Porteur devra, pour jouir de cette
faveur, justifier du présent PERMIS DE
CHASSE, à toute réquisition des Employés
et Agents désignés par nous.

Fait à Paris, le 18

POUR LES CHEFS EMPÊCHÉS

Vu au Contrôle,   Le Secrétaire,

Si le bon saint Hubert n'est pas
content c'est qu'il sera exigeant, ce
qui m'étonnerait fort, connaissant la
mansuétude de ce bienheureux.

APRÈS une journée de campagne
bien employée, reste la soirée,
on la passe à respirer le bon air; on
regarde à droite et à gauche, on s'ap-
prête à rentrer.

A ce moment le PARADIS DES EN-
FANTS vous tient en réserve une surprise : ce sont ses feux d'artifices, éta-
blis avec un soin tout spécial, il y en

a de toutes sortes et de toutes formes,
et il m'a été montré un feu complet,
y compris le bouquet dont le prix est
peu important (douze francs, je crois),
ce qui permet à tout le monde d'avoir
son feu d'artifice à domicile.

A côté, sont les illuminations à
giorno : lanternes vénitiennes,
verres de couleurs, fruits et fleurs
lumineux, tout est là :

Montgolfières, parachutes, ballons
et personnages en baudruche.

Un de ces ballons contient un polichinelle osé, ou une poupée aventureuse qui iront montrer à des pays inconnus les chefs-d'œuvre de notre industrie en jouets français.

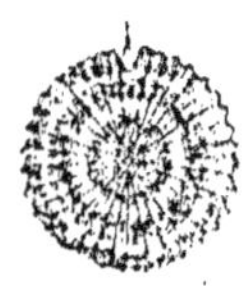

L'INDUSTRIE française, sachez-le bien, mes chers enfants, a son légitime orgueil.

Les Prussiens ont voulu faire croire qu'ils fabriquent des joujoux.

C'est un mensonge, Nuremberg ne fabrique pas de poupées sérieuses, et les produits de l'Allemagne ne sont, en général que des copies grossières du merveilleux travail des ouvriers français.

Le Paradis des Enfants trouve ses merveilles à Paris plutôt qu'à l'étranger.

Que de choses à vous dire encore. Je dois me contenter de rappeler que l'instrument de récréation et d'utilité qui commence au hochet du bébé, aboutit à la boite de mathématiques de l'élève de Saint-Cyr, et aux patrons de tapisserie de la demoiselle à marier.

Ⅎᴛ, comme pour prouver plus élo-
quemment encore que le joujou
peut devenir outil, que l'amusement
peut s'élever jusqu'à l'instruction ; le
Paradis des Enfants a inventé une
petite *baratte* pour faire le beurre soi-
même à la minute.

Vous pouvez toutes, mes chères
petites filles, être aussi adroites que
la fermière qui fournit le lait de vos
déjeuners.

Et si vos tartines ne sont pas bien
beurrées à l'avenir ce sera assurément
de votre faute.

I me faut quitter le PARADIS DES ENFANTS, car j'ai les yeux éblouis.

Guignol m'appelle, Polichinelle me fait tressaillir au son de sa pratique.

Les moutons bêlent, toute *la ferme modèle* est en mouvement. Les bébés pleurent comme s'ils regrettaient mon départ.

Et une belle poupée dans les habits des demoiselles, semble avec ses regards mouvants, me dire mystérieusement au revoir.

J'ai promis aux pantins, en habits dorés, aux pierrots enfarinés, aux poussahs comiques, aux chèvres et aux chevaux simples ou à mécanique,

que vous iriez leur rendre visite en compagnie de vos chères mamans.

Vous ne me ferez pas manquer à ma parole et votre joie est tout le remerciement que j'ambitionne.

TIMOTHÉE TRIMM.

Paris, novembre 1874.

P. S. — Je n'aime pas les post-scriptum. J'abhorre cette manière de terminer une lettre ou une causerie, mais comment résister

au plaisir de vous annoncer une bonne nou-
velle.

Sachez-donc, mes chers enfants, que le PA-
RADIS DES ENFANTS vous ménage une surprise, ce petit livre écrit pour vous, va être
orné des dessins des principaux jeux et jouets
dont je vous ai parlé.

J'ai vivement remercié le propriétaire du
PARADIS DES ENFANTS de cette délicate atten-
tion, et je suis certain que plus d'un parmi
vous prendra part au plaisir que j'éprouve.

Je vous vois déjà, chers bébés roses, ouvrir
vos grands yeux pour admirer les dessins des
jeux et jouets du PARADIS DES ENFANTS.

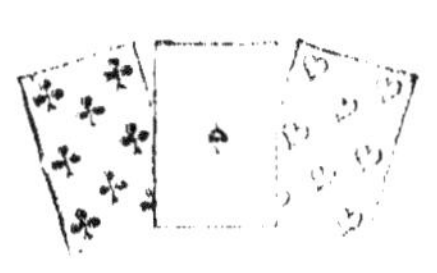

Typ. BERTHIER & Cie, rue de Rivoli, 152.

MONTGOLFIÈRES, AÉROSTATS, BALLONS

BAUDRUCHES

PERSONNAGES GROTESQUES.

Installation pour fêtes particulières et publiques.

LE

LANCE-BALLON

NOUVEAU JEU DE JARDIN

(Propriété exclusive du PARADIS DES ENFANTS.)

JEU DES COURSES

(Breveté)

PRIX : **200, 500** ET **1,200** FRANCS.

LE VÉLOCIPÈDE-CANON

SYSTÈME NOUVEAU

POUR ENFANTS DE 7 A 16 ANS

PRIX : 15 ET 55 FR.

LES CARRÉS MAGIQUES

NOUVEAU JEU DE SOCIÉTÉ

(Propriété exclusive du Paradis des Enfants.)

PRIX : **10** FR.

LES RUBANS PROPHÉTIQUES

NOUVEAU JEU DE SOCIÉTÉ

(Propriété exclusive du PARADIS DES ENFANTS.)

PRIX : 22 FR.

Ce jeu peut être employé par une seule personne ou par une
nombreuse réunion.

JEUX ET CARTONNAGES INSTRUCTIFS

MODÈLES NOUVEAUX

CALCUL, GÉOGRAPHIE, HISTOIRE, MUSIQUE

CHASSEPOTS

depuis 7 fr.

FUSILS-SABRES EN TOUS GENRES

FUSILS POUR LES EXERCICES SCOLAIRES

à 25, 35 et 45 fr.

GRANDE FABRIQUE SPÉCIALE

DE VOITURES D'ENFANTS

EN TOUS GENRES

CHARIOTS D'ENFANTS

à 16, 25 et 35 fr.

PROMENETTES

à 2 fr. 50, 3 fr. 50 et 5 fr.

TAMBOURS & GROSSES CAISSES

à 2, 3, 5, 8, 12, 18 fr. et au-dessus.